VICTOR LEROY

LA LÉGENDE

DES

ROIS LARRONS

SATIRE ALLÉGORIQUE

EN VENTE

CHEZ E. LACHAUD, ÉDITEUR

4, Place du Théâtre-Français

Et chez tous les Libraires et Marchands de Journaux

1872

VICTOR LEROY

LA LÉGENDE

DES

TROIS LARRONS

SATIRE ALLÉGORIQUE

EN VENTE

CHEZ E. LACHAUD, ÉDITEUR

4, Place du Théâtre-Français

Et chez tous les Libraires et Marchands de Journaux

1872

DU MÊME AUTEUR :

—

SOUS PRESSE :

APOLOGUES

Fables et Sonnets

1 volume.

EN PRÉPARATION :

LA CAVERNE DES MAUDITS

SOUVENIRS DE 1870-1871

1 volume.

LA
LÉGENDE DES TROIS LARRONS

Poëtes que le ciel fit survivre aux désastres,
La nuit est noire! et bien, luisant comme des astres,
Montrez comment l'intrigue inventa nos revers!...

V. L.

(Sonnet à AUG. DE VAUCELLE, *Président*
de l'Académie des Poëtes.)

I.

Ce qui suit se passait chez Douix ou chez Véfour,

Dans un de ces salons où volent tour à tour

Dîner—des gens d'esprit, — des sots, — des gens de noces,

— Des gens d'enterrements, — des fillettes précoces...

Où, pour six francs, le pauvre est rentier tout un soir;

Où, sur le même banc, souvent on voit s'asseoir

Un prêtre sensuel, déguisé — qui s'amuse;

Un poëte naissant que tourmente sa muse;

— Le penseur, — l'intrigant, — le voleur, — l'assassin,

— Le roué qui se grise aux dépens du crétin,

Et, pour me résumer, dans un vers satirique :

— Beaucoup d'ânes bâtés qui parlent politique...

Trois hommes : trois cousins, là, s'étaient réunis
Et dînaient, devisant comme de vrais amis ;
Mais ils parlaient si bas qu'un garçon de service,
Observateur, flaira d'un regard — l'artifice
De ces graves dîneurs. — Voici, de point en point,
Son récit : — vous verrez qu'il ne se trompait point.

Ces trois cousins avaient une même parente :
Vieille, malade, usée, aux trois quarts expirante
Et, disait-on, — ruinée. — Il lui restait pourtant,
Chose que les dîneurs convoitaient pour l'instant :
— Un nom !... — Et c'est le tien, ô ma chère Patrie !
O Mère humiliée, outragée et flétrie !
Ton nom, que ces larrons souillèrent, tour à tour,
Avec trois mots maudits : *Pigeon, Coq* et *Vautour !*
— Sous ces déguisements disparut ta fortune.
Ah ! les nobles bandits ! ils pouvaient sans rancune,
Se regarder en face, et s'appeler fripons !
— On nous donne la clé de la caisse : — chipons !

Or, ils avaient chipé ; tant chipé qu'à cette heure
La pauvreté honteuse habitait la demeure
De la Martyre en deuil, tandis que, tout joyeux,
Ces êtres, se bouchant le tympan et les yeux,
Dans un dîner infâme, amis en apparence,
Se disputaient, hélas ! — le drapeau de la France !..

Le drapeau !... — Voilà donc le motif — des motifs
Qui les amène ici, ces êtres fugitifs ;
Rivaux ambitieux, sans cœur et sans patrie ;
Apôtres de malheur, chevaliers d'industrie
Dont le front bas se cache et dont le regard fuit
La présence du jour, comme l'oiseau de nuit !

II.

A ce mot, le garçon fut tout yeux, tout oreilles ;
A part il se disait, en versant ses bouteilles :
— Quel drapeau ? — Ce qui suit le tirant d'embarras :
« Je m'en doutais, dit-il, j'ai là trois — Candidats. »

Le bon Pigeon disait de sa voix doucereuse :
« Notre malade souffre. Elle est si malheureuse
» Que le bon Dieu seul peut apaiser ses douleurs !
» Puisse-t-il exaucer ma prière et mes pleurs !...
» Mais, contre de tels maux, les remèdes d'usage
» Étant tous impuissants : un mot de l'héritage ;
» Il est prudent, je crois, d'en causer. Vous savez
» Que le Passif est grand et l'Actif fort mauvais.
» Quant aux dettes, chacun de nous en sait la source :
» Il ne faut plus compter arrondir notre bourse ;

» Ce bon temps-là n'est plus. Nous pouvons discuter
» Un nom, puis... un blason. — Que nous peut-il rester
» De plus ? — Ces choses-là sont lourdes et fragiles
» Et ne restent pas même aux mains des plus habiles ;
» Vous ne l'ignorez pas. — Je suis loin de nier
» Qu'un tel lot est de ceux que l'on peut envier ;
» Cependant, chers cousins, croyez-en ma franchise :
» — Si j'y tiens quelque peu, — c'est pour sauver l'Église
» Des dangers qu'elle court ! — Ma Légitimité
» A des rapports avec la Catholicité
» Que rien ne saurait rompre ; aussi, sur ma bannière,
» Blanche comme autrefois, l'Église, heureuse et fière,
» Reverrait — cette fleur — si chère à mes aïeux :
» Tout autre décorum déplairait à mes yeux !

» Telle est, mes chers cousins, ma sincère pensée ;
» Vous direz avec moi — qu'elle est juste et sensée... »

III.

Soudain monsieur le Coq, montant sur ses ergots,
Répond : « Votre discours est bien — pour des cagots ;
» Si c'est le Saint-Esprit, cousin, qui vous l'inspire,
» C'est un mauvais plaisant ; — le diable n'est pas pire !

» Quoi ! vous comptez encor sur cet oignon pourri

» Dont le monde se moque et dont l'histoire a ri ?

» Croyez bien, s'il n'est mort, qu'il est au moins stérile.

» — Et votre drapeau blanc ? — l'idée est puérile ;

» Je pourrais dire plus. Avez-vous oublié

» Que dans le sang humain vos aïeux l'ont noyé,

» Ce drapeau ? — Dites-moi — qu'une sainte lessive —

» Lui rendrait, au besoin, sa blancheur primitive,

» Je l'admets ; mais cela fût-il, sachez-le bien,

» A votre drapeau, moi, je ne céderais rien ;

» Je défendrai toujours l'écharpe tricolore,

» Symbole d'union que votre race abhorre

» Et que la Liberté jette sur mon chemin.

» Ce drapeau, cher pigeon, reviendra dans ma main ;

» Mais il ne sera ni l'abri ni le repaire

» De ces affreux cagots qui vous nomment leur père !... »

IV.

On se passionnait et l'on haussait le ton.

Que faisait le vautour ?... Il mangeait, le glouton !

Il absorbait les mets sans perdre une minute ;

A peine avait-il l'air d'entendre la dispute ;

Mais — il l'avait suivie : un seul regard suffit

Pour l'apprendre aux phraseurs. — Le silence se fit ;

Puis, soudain, le vorace à la tête branlante,
Retroussa sa moustache encor toute sanglante
Et, d'un air menaçant et railleur à la fois,
Il fit à ses cousins ce discours peu courtois :
« Je vous laissais, Messieurs, parler tout à votre aise ;
» Mais sans moi vous comptez et c'est une hypothèse.
» Je suis vieux et goutteux ; comme vous j'en convien ;
» Mais n'ai-je pas un fils ? Il sera mon soutien,
» Mon digne successeur, j'ose encore le croire.
» Je m'inquiète peu si l'oignon ou la poire
» De l'un de vous, cousins, ornera le blason ;
» Je pense que ces mots ne sont plus de saison ;
» Mais je soutiens ceci : — l'héritier légitime,
» Par deux fois proclamé dans un vote unanime,
» C'est moi seul ; moi-même, oui !... moi ! — le Vautour ! » — Soudain
Le Coq et le Pigeon bondissent de dédain :
— Et Boulogne ?... et Sedan ?... Ce fut un cri d'alarme !
Le vieux Vautour, au poing déjà tenait une arme :
C'était un pistolet qu'un sien parent d'Auteuil
Avait chargé la veille. — En quittant son fauteuil
Il presse le ressort de l'arme épouvantable :
Le coup part !... Les cousins avaient quitté la table
Lestement, sans pouvoir se faire leurs adieux ;
Ils étaient déjà loin, volant à qui mieux mieux,
Chacun de son côté...

V.

Le Pigeon prit la route

Qui s'en va de Paris. — Oubliant sa déroute,

Il contemple un instant *cette bonne Cité*

Loin de laquelle il est, sans pitié, rejeté ;

Puis, le cœur gros, il part. — Le voilà dans les Flandres ;

Des amis l'attendaient ; mais bientôt les esclandres

Que son imprévoyance en ce pays causa

L'y rendirent suspect : sur son compte on causa.

— Il est même des gens qui se mirent à rire

En apprenant le fait que je viens de décrire :

Ces gens-là sont méchants. — Loin de faire comme eux,

J'aurais plaint de grand cœur cet oiseau malheureux

A qui la peur avait dérangé la cervelle ;

Il songeait au Vautour le broyant d'un coup d'aile

Ou bien le poursuivant le pistolet au poing !

A ce noir cauchemar qui ne le quittait point,

Corollaire effrayant des scènes de la veille,

Ajoutez ce tonnerre accablant son oreille :

Le Public ! — Fuir encor ? — Mais où ? Par quel chemin ?...

— Hélas ! — le croira-t-on ? — Chez le grave Germain

Il se réfugia ; puis, après la tempête,

Quand chez *nos bons voisins* il eut remis sa tête,

Il paraît qu'un matin l'oiseau reprit son vol
Et que sans trop de peine il atteignit le sol
Où l'homme est infaillible, — au dire d'un concile.
— Puisse cette leçon rendre un pigeon docile !...

VI.

Moins timide, le Coq ne quitta point Paris :
Il s'y cacha. Mais où? Sous de riches lambris ;
Dans un charmant palais où la crasseuse foule
Ne pénètre jamais ; — où chaque soir, en foule,
Viennent rire, chanter, danser des rigodons :
La faisane, — la grue et de nombreux dindons
Fats et prétentieux. Hier suppôts de l'empire,
Aujourd'hui pour un roi, cette clique conspire.
Pour un roi? mais lequel? — Tiens! un roi des dindons;
Créant de gros emplois, prodiguant des cordons.
Je tire le rideau sur cette valetaille :
Quand j'y songe, ma plume entre mes doigts tressaille...
.   .   .   .

Maître Coq, au salon, un soir ne parut pas;
Avec attention, suivons-le pas à pas :
— La gent de basse-cour, conviée à la fête,
Par groupes arrivait en redressant la tête;

Le Coq, en tapinois, dans l'ombre se glissait
Aux pieds de la Malade. Un soupçon le glaçait ;
Mais un coq, c'est hardi ! — « C'est moi... je t'en supplie,
» Pardonne à mes erreurs, bonne parente ! oublie
» Les ennuis et les maux que j'ai pu te causer !
» Regarde, à tes genoux je viens m'en accuser !
» Ne vois-tu pas combien mon regret est sincère?... »
— « Ton repentir pourrait désarmer ma colère
» Et me faire oublier, — à la condition..... »
La malade perdait la respiration...
— « De grâce, calmez-vous!... je l'accepte d'avance! »

Comme il disait, voici qu'une fille s'avance :
Une fille aux yeux doux et fiers en même temps ;
La fraîcheur de son teint accuse au plus vingt ans.
— Le Coq, ainsi surpris, se trouble ; on voit sa crête
S'abaisser, puis pâlir ; il hésite, il s'arrête,
Se relève, s'efforce à vaincre son émoi. —
De son côté, la fille rougissait ; mais pourquoi?...
Quand elle fut auprès de sa chère malade,
Le Coq, plus calme, allait poursuivre sa tirade ;
Mais la noble blessée, en faisant un effort,
Comme un cheval usé qui n'a plus de ressort,
Reprit : « Je le comprends ; — cette enfant t'embarrasse ;
» Mais écoute ceci : — Quand le Vautour vorace,

» Ton cousin, m'eût vendue aux portes de Sedan ;

» Quand mon malheur alla des rives du Soudan

» Jusques aux bords glacés de la haute Russie ;

» Par d'aucuns reniée et pour tous obscurcie,

» Je ne rencontrai qu'Elle, au milieu du chemin,

» Pour essuyer mon front, pour me donner la main !

» Tous ceux qui m'entouraient et me flattaient naguère

» M'avaient abandonnée aux horreurs de la guerre ;

» Elle seule m'aimait, elle seule accourut.

» Mon espoir avec elle un moment reparut ;

» Cet espoir fut déçu ; mais il lava la honte

» Dont on m'avait souillée ! — Il faut en tenir compte

» A son cœur généreux. »

      — « Ma seule ambition

» Serait d'avoir un jour, sous ma protection,

» Un tel cœur ! — Acceptez ! — Je me fais votre apôtre ;

» Je veux votre avenir !... »

       — « Pour assurer le vôtre?...

» Jamais, mon beau seigneur ! — Vous êtes trop galant

» Pour être vrai. — Jadis, à pareil postulant,

» Ma mère eut foi. — Ma mère ! elle était bonne femme ;

» Mais son faux protecteur, lui, fut un être infâme ;

» Quand il l'assassina,... j'étais sur ses genoux ;

» Je me sauvai d'effroi ; — vous en souvenez-vous?... »

— Le Coq ne songeait guère à pareille sortie ;

Aussi, n'y put-il faire un mot de repartie...

Pour se tirer de là, cherchez bien quel détour
Il inventa,... pour moi, je retourne au Vautour.....

VII.

Le premier coup partit et n'atteignit personne,
Sauf... un aigle éreinté, coiffé d'une couronne
Qu'un artiste sans nom avait, dans d'autres temps,
Tracé sur la muraille et que depuis longtemps
On ne regardait plus que d'un œil ironique :
Le Vautour lacérait l'aigle : c'était comique !
Mais un bras vigoureux a saisi tout à coup
La main qui s'apprêtait à lâcher l'autre coup !
— Comme un être frappé par l'éclat du tonnerre,
Le Vautour, désarmé, culbute et roule à terre.
Cet hercule pygmée, étourdi, terrassé,
Se débat, dans un coin, comme un ogre blessé.
— « Je briserai, dit-il, en écumant de rage,
» Le misérable qui m'a fait un tel outrage ! »
— « De même qu'à Sedan tu brisas le vainqueur, »
Repartit le garçon d'un ton sec et moqueur !
» Qu'ai-je à craindre avec toi ? — N'es-tu pas l'impuissance?
» La nullité? — Pourquoi faire de l'importance ?
» Ce rôle peut, au plus, aider à te trahir :
» C'est à moi, pour l'instant, qu'il te sied d'obéir!... »

— « T'obéir ? — De quel droit parles-tu de la sorte,
» Audacieux valet ? — Qu'on le jette à la porte !... »
— « Silence !... et vois cette arme ! — Il faut, entends-tu bien,
» Que tu m'écoutes, ou... »

> — « Je ne dirai plus rien !.. »

— Le vieux Vautour tremblait comme un oiseau timide :
Il se faisait pigeon, mais le moderne Alcide
Poursuivit en lançant des éclairs par les yeux :
— « Puisque ainsi tu le veux, vieillard audacieux,
» Je te dirai mon nom !... »

> — « Je suis Fils légitime

» De celle que ton bras accabla sous le crime ;
» Je suis le Peuple, grand, généreux, souverain ,
» Qui confia sa vie à ta serre d'airain ;
» Qui te laissa, tyran, ceindre le diadème !
» Je suis ce Peuple qui te voue à l'anathème ;
» Je suis l'esclave qui, revendiquant ses droits,
» Foulera sous ses pieds les sceptres et les rois ;
» Je suis le Peuple fort à qui Dieu mit une âme
» Que tortura toujours votre cohorte infâme,
» Monarques intriguants, massacreurs infernaux ,
» Buveurs de sang humain, exécrables fléaux !..
» Ah ! ! ! je suis la *Vengeance !!!* »

> — « O pitié ! Grâce ! ! »

> — « Arrière ! !

» Entre le Peuple et vous, Dieu fit une barrière ;

» Il fit une barrière entre fils et neveux :

» Ceux-ci courbent le front quand l'autre dit : je veux !

» Eh bien ! ce que je veux, moi, c'est — sauver ma mère,

» En réduisant, ô rois, vos projets en chimère !

» Oui, je veux la défendre avec ce bras de fer

» Qui vous sua tant d'or au fond de votre enfer.

» Ah ! vous voulez sa mort ? — Je veux, moi, qu'elle vive !

» Vous la voulez tremblante ? — inquiète ? — craintive ?

» Muselée ? enchaînée ou coupée en lambeaux,

» Pour vous les arracher, misérables corbeaux ?

» Mais c'est la rajeunir, la rendre fière et belle,

» Que je veux ; — l'affranchir d'une ignoble tutelle !

» Arrière, arrière, oiseaux de toutes les couleurs !

» Ne nous avez-vous pas assez coûté de pleurs ?

» Si, comme vous, j'avais l'âme basse et féroce,

» Je te tûrais,.. mais non... cela serait atroce ;

» Et puis,.. Vivre, pour vous, c'est expier. — Satan ;

» Le peuple vous maudit, les tiens et toi : — Va-t'en !!. »

VICTOR LEROY (de Gespunsart).

Paris-Belleville, juin 1872.

IMPRIMERIE CENTRALE DES CHEMINS DE FER.—A. CHAIX ET Cie, RUE BERGÈRE, 20, A PARIS.—13052-2